夜更けわたしはわたしのなかを降りていく

水出みどり

思潮社

夜更けわたしはわたしのなかを降りていく

水出みどり

思潮社

夜更けわたしはわたしのなかを降りていく　水出みどり

目次

I

装幀＝思潮社装幀室

夜更けわたしはわたしのなかを降りていく

I

水のらせん階段を降りて

水のらせん階段を降りていくと
ひっそりと町が沈んでいる

細かい雪降りしきる町
ときおり
とおい海鳴りが響くだけの
しずかな町の夕暮れ

ひとびとの背には
まだひれが残っている
行き交うとき
ときにしなやかに優しく
ときには愛撫するように激しく
ひれを振りあう

少女だった
はるかな日
吹雪のなかにみうしなった
父を
この町で探す

エメラルド

季節のおおきな循環は
わたしに五月を贈ってくれた

ゆびさきの
爪までが
そまりそうな
青い海をすくう

真昼

瞳のくりくりした幼児が
はしゃぎながら
しぶきと戯れている
坊や
弾んだ母の声が混じる
濃紺の着物の袖が
風に舞う

幼児は白い波を追いかけ
帰っては
両手をひろげた母に抱かれる
姉だ
駆けよると
ふたりは消えてしまい

笑い声だけが揺れている

風がつめたい
ひかりが
ひかりに戯れている
真昼

美しい血

暗い画面に火の手があがる。

赤い炎にそって青い炎が吹き上がる。

漆黒の夜を焦がす火の美しさに魅せられて　放火を繰り返した。この燃えさかるものの美しさに　この烈しさに　この陶酔感のためにならなら死ねる。


（赤い色は血ですか）

（そうです）
（この青い色は）
（これも頸の血液です）

わたしのなかの青い血。青と赤。わたし
を巡る美しい血。わたしは生きている
生きている　生かされている　わたしを
巡る美しい血
美しい血　わたしは生きている
生かされている
わたしを巡る火のように美しい血。

ぬぎ捨てた影を

脱皮している
蛇が脱皮している
月の光をぬすみ蛇が脱皮している
白いひかりを盗み
わたしが脱皮している
ぬぎ捨てた影を

脱ぎ捨てた企みを
ひそかに埋めこみ
夜の窪みに埋めこみ

赤い舌に
焔をともして

サボテン

ほそい　ほそい繊毛に似た棘のうえに
夜明けのひかりがとまる
ほそいほそい繊毛のうえに
繊細なひかりがとまる
サボテンはかすかに身じろぎ
ひかりにつつまれる
ちいさな無数のひかりが揺れる
ゆれる　ゆれている

ほそいほそい繊毛を抱いていた
遥かな日
火のように孤独だった
眉をあげ
燃えさかる火のような渇望を見つめて

とうさんの声

締めきったベランダを開ける
青い空
風が九月を揺すっている

細ながいテーブル
ソファ
火のないストーブ
テレビ

茶簞笥のなかの湯飲み
赤いポストの貯金箱
壁に掛けられた
茶の縁取りの時計は
一時三十分で止まっている

森閑としている
睡るもののゆたかさ
いまは亡いひとの
沈黙のゆたかさ

わたしのなかに睡る
記憶のなかで睡っている
とうさんの声

百歳近くなっても生に執着し続けた
とうさんの張りのある　声

死ぬということは
残されたもののなかに
声を置いてゆくこと
それは生き生きした　表情を持って甦り
二度と失われることはない

止まっていたはずの時計が
三時二十分を指している
とうさんのおおきな声が聴こえる

私はまだ死んでなどいない

みえないものがみえ

ライオンに追いかけられて
ベッドから転がり落ちた
おかあさん
骨折した腕の
白い包帯がいたいたしい
みえないものがみえ
きこえないものがきこえてしまう
おかあさん

大嫌いな犬がやってきて
いっしょに寝るのだと訴える

（ここは怖いところ
私はしっかりしているから
大丈夫だけれど
みどりさんがあぶない）
（お茶のなかに毒が入っている）
わたしの茶碗に指をつっこみ
飲ませまいとする

（ここであした集まりがあるの
聡ちゃんも敏子もくることに
なっているけど　あんたたちも

来てほしいの）
（なにがあるの）
（お葬式）
（だれの？）
（私と　とうさんの
それでお花とお菓子を買ってきて
それからお坊さんにあげるお金は
いくらにしようか……ええと……）

たじろぐ

この世で最後の湯を浴び
うっすらと化粧して
ほのかに紅をさした唇
お洒落だったははに
わたしはなんども語りかけた

おもわずたじろぐ
そのあまりの冷たさに

たじろぐ
そのあまりの硬さに

緊迫した空気のなかで
ひたすら眠りつづけていたはは
そのやわらかな頬にふれた
そっとふれた

それは
まだ昨夜　ほんの少し前のことなのに
ゆびさきは
まだその温もりとやわらかさを
記憶しているというのに

たじろぐ
あまりの冷たさに
たじろぐ
あまりの硬さに
それは陶器の硬い冷たさに似ていた

夜を引き裂いて

たすけてー
助けてくださぁい
神さま　仏さま
お釈迦さま
私は縛られています
助けてくださぁい
　(静かにして下さい
みんな眠れなくて困っています)
(眠れないのはこっちだ　みんな眠剤

飲んで寝るもんでいびきがうるさくて
眠れやしない)
(それは逆です　たなかさんが騒ぐか
ら眠剤を飲むんです)
(……)
(少しお話しましょう　たなかさんの
名前と生年月日教えて下さい)
(田中ひさ　昭和三年五月一日)
(ここはどこですか)
(中村記念病院脳外科)
(きょうだいはなんにん)
(九人きょうだい六番目　にぎやかで
愉しかった)
(婦長さんだったと聞いているけどど

ここにいたの）
（北大の精神科）
（ご主人とはどこで知り逢ったの）
（職場で　あんた優しいね患者の気持ちよく解る　ナイチンゲール賞をあげる）
（ありがと）
たすけて　誰か助けてくださあい
虐待されています
水がのみたいよう　お粥が食べたいよう
（婦長さんなんという有様です）
（手袋とって）
（とったらまた鼻導を抜くでしょう
また肺炎になるでしょう

婦長さんなら解るでしょう）
（……）
あまのさあん　どうして来てくれないの
信頼していたのに　あまのさあん
叫んでいる
田中さんが叫んでいる
ひささんが叫んでいる
もと婦長が叫んでいる
夜を引き裂き眠りを引き裂いて
叫んでいる
さみしさが叫んでいる
さみしいわたしが叫んでいる
逢いたいよう
天野さあん

海へ

ベッドに腰をかけ
足首に五〇〇グラムの重りを巻く
片足を水平まであげ連続二十回
ベッドに寝て足を横に開き五回
うつぶせになり足を片方ずつ上にあげ
五秒とめ五回五セット
五という数字に回復の秘密がある?

終わりは背泳ぎの腕の動作
枕の下から水をかくイメージで
腕をおおきく回す
五十メートル完泳したあの頃のように
胸よ　ゆたかに美しくなれ
足よ　健やかになれ

＊

腕を伸ばし　しなやかに反って
スタート
ほの明るい水の裏側を
潜る
キックを打って水の面に出る
腕はおおきく　ゆったりと

キックはちいさくてもいいから速く
速く　速く
砕けた夏がしぶきをあげる

風がここちよい
腕はおおきく　ゆったりと
夏空に白い雲がゆったりと浮かんでいる
キックはちいさくてもいいから速く
速く　速く　速く
わたしは　空の海に吸い込まれていく

魚が不思議そうにのぞきこむ
尾びれを振って挨拶するのもいる
眼差しが父に似た魚が通りすぎる

腕はおおきく　ゆったりと
おおきく　おおきく
おおきく

りはびり

ほほをふくらませます
おおきく　もっとおおきく
あたらしい大気とともに
名づけえぬものがすべりこみます
ほほを閉じすばやく逃がします
かいすうはすべて五回
魔法の五回です

いたずらっ子めいて舌をだします
すばやくひっこめます
舌もおおきな筋肉です
鍛えなければ声を失います
みぎ　ひだり　みぎ　ひだり　ぐるっと回して
唇をなめます
遡ろうとするはるかな時間を
舌先にかすかに甦る
母乳のあまやかさ

息をすい胸をふくらませ声をのせます
ながく　すこしでもながく
やわらかな頬で
しめったちいさな舌でとらえた

あのはじめての　あ
あの発語です
みえないはるかなものを呼びます
呼んでも呼んでもとどかないものをよびます

真昼
醒めている耳

CALL

おとうさん
どうして返事しないの
おとうさん
どうして黙っているの
おとうさん

電気つけて
電気つけて

電気つけて

〈コタニさん　ここは病院ですおとうさんはいません
いまは真夜中です。おくすり飲んで寝ましょうね〉

〈はい　コタニさん呼びました？〉
娘を呼んでください
〈あら　娘さんならお昼にきていたでしょう
楽しそうにはなしていたじゃないですか〉

おかしい。娘はそんな子じゃない
私をこんなところにおいて帰る子じゃない
探してください
〈それでは電話をかけてみましょう
電話番号知っていますね〉
〈安心したでしょう
またあした来られるそうですね
娘さんはどちらにお住まい〉
石狩
〈石狩から毎日……いい娘さんですね〉

〈はーいコタニさん　どうしました〉
警察に電話してください
〈どうして〉

私は　どこにいるかわからない

わたしはどこにいるのかわからない
建ち並ぶビルは黒い影になって迫ってくる
走り去るバスの行く先はみな見知らぬ名前だ
わたしは帰るところがわからない
わたしはどこへ帰るのかわからない
生まれ育った緑町の家なのか
仲良しの小池さんと遊んだ入舟町か
父と過ごした山鼻の家か
母と二人きりだった北のアパートか
それとも
夜更け　海の響きが聴こえる石狩なのか
どこへ帰ればよいかわからない

私はどこへ帰ればよいかわからない
電話してください
警察に
私はどこにいるのかわからない
誰か電話をしてください
はやく

流刑地

しんかんとしている
ただ明るい
ここは流刑地

白い波が岩を駆け上り
激しいしぶきとともに
駆け下りている

なぜ流されたのか
もはや
誰も語らない

赫い花が
真昼を
ひるがえしている

結子

カーテンから漏れる
夜明けのひかりが
ねむる赤ん坊の
やわらかな頬にふれている

結子
と誰かが呼んだ
おまえはわからなかった

おまえは自由
まだどんな名も
おまえを捉えることはなかったので

だが
おまえは結子になる
いくつもの眠りと目覚め
呼ばれつづけることによって
形をもち
わたしが　みどり　になったように

結子
やがて
おまえは振り返る

うなずく
花がひらくように笑う

ねむれ　結子
このつかのまの自由
名付けえぬものたちが
さざめきあい
やさしいトレモロとなる
この夜明け

II

わたしはわたしのたべたもので

コーヒーのほろ苦さとしあわせなぬくもりがわたしのなかにひろがる。ゆっくりとわたしの形にひろがっていく。わたしも知らないわたしの形をなぞっている。

(あなたの体はあなたのたべたもので出来ている)* チーズ　ヨーグルト　バター　ソフトクリーム。だいすきな乳製品でわたしは出来ている。わたしがたべた　うし　ぶた　にわとり　まあるい瞳のさかなたち。たくさんの生きものたちの記憶でわたしは出来ている。

睡っていた海の底。ゆれる藻にまもられて睡っていた。

満月のよるの産卵。あたためていたいのちがあたためていたわたしの分身が　ほの白い月光のなかを煌めきながらのぼっていった。

疼くものがある。あれは生まれなかったわたしの子供。いまカラをやぶろうとしている。男の子だ。（こんにちわ）といおうか恋人のように。男の子だ。恋人のようにわたしは育てるだろう。瞳をみあわせつないだ手をおおきくふって。二人で幼年を歩くのだ。

＊「課外授業　ようこそ先輩〜福岡伸一」（ＮＨＫ、二〇〇七年二月放送）

幼年

もういちど幼年を生きる。つないだ手をおおきくふって。ふたりで幼年を歩く。はるかとおくの眩しいまだ見ぬ日々。まだ見ぬ月日。

てのひらのなかのちいさな温もり。てのひらのなかのたしかな温もり。てのひらのなかのわたしの生命。わたしの分身。てのひらのなかのわたしの死。

真昼。かなしみがひかりを屈折させている。

川は五月を揺らせてながれる。草むらのちいさな赤つめくさがいくつもの物語をつむいでいる。

タムタム

植物園のサボテンの部屋は変に白くひろびろしてはるかな砂漠につづいている。サボテンの肉の厚い棘だらけの葉を見ていると植物というより動物に近いような気がする。がっちりとした骨格と強靱な意志を持ち　まるで誘うように艶やかに原色のおおきな花を咲かせている。いつかサボテンの研究家の書いた本を読み写真もみた。ローマの宮殿の円柱に似たサボテンもあってまさに自然は芸術家だった。興味をもったのは　サボテンに魅せられてサボテンの林に入ったたままいまだ帰ってこない青年がいるという記事だった。

砂漠のしんとした真昼　サボテンの林に迷い込んでしまった。赤や黄　オレンジの花が笑っている。夜　サボテンの林におおきな月が出る。ほそいほそい棘たちは月光を砕き　無数の白い月を抱く。白い無数の月が揺れるゆれる　ゆれる　ゆれている。
夜更け　タムタムが響いてくる。振り返っても振り返ってもたたく人の姿はなく　影たちが輪になって踊っている。

＊

晩酌の後　ビールの缶を二つ並べて箸でたたいている。たたいている　箸でたたいている楽しそうにたたきながら音の違いを聴いている。音の違い　微妙な音の違いが単調なメロディに陰影をつけている。あの夜　ほそいほそい棘たちが月光を砕いていたあの夜　音の違いを聴きながら　楽しそうに聴きながら影たちを踊らせていたのは夫ではなかったか。

行きつけの店

行きつけの店が出来た。うどんやさん。
歩き疲れた時何度か立ち寄っている。看
板はない。古びたおもい格子戸を開ける
とほの明るい空間が広がる。おおきな楕
円形のカウンターがありたくさんの椅子
が並んでいる。

釜あげ　鍋焼き　きつね　天ぷら　その

他　カウンターに書かれた好みの品の席に座る。なかには白い上着の双子の青年が忙しく立ち働いていてる。注文を受けるとその場でつくるのだ。二人とも惹きこまれそうな澄んだ瞳をしている。

何度も来ているのにまだ食べたことがない。満席だったり決めかねてカウンターのまわりを廻っているうちに待ち合わせの時間になったり……でも香ばしい揚げ物の匂いとやわらかな湯気につつまれて澄んだ瞳にみつめられて　いつも満ち足りた気分で店を出る。

きょうこそはと皿うどんを注文。やわらかな匂いがわたしをつつむ。食べようとするとうどんが右に引っ張られて消えていく。いつのまにきたのだろう夫が隣に座っていて当然のようにうどんを食べている。すましこんでコップの水も飲んでいて。

朝チーズトーストを食べながら聞いてみる。（うどんおいしかった？）夫はきょとんとしている。あんなに美味しそうにたいらげたくせに。
夜休むまえ（またあのうどんやさんで逢おうね）と約束して睡る。

ママはまだきません

公園です。陽がふりそそいでいます。大切そうにちいさな子供を抱いてママたちが集まってきます。公園のおおきな木製のテーブルの上に立たせます。人形です。

（眼に表情をもたせるの大変だったわ）（わたしは口もとよ）（ねえこの長

い髪素敵でしょう）ママたちはそれぞ
れに人形の自慢をはじめます。すこし
離れると言葉は意味を失い明るい真昼
のなかで声だけが響きあっています。
テーブルの端のほうにひとりでしっか
りと立っている子　見覚えがあります。
ケイトちゃんです。詩友のニーナさん
がありあまる願いを縫い込めて天竺も
めんで創ったケイトちゃんです。

抱き上げると人形とは思えない足のつ
よさで踏んばります。
（ママはお買い物に行ったの　あっち
から帰ってくるの）肩まである黄色い

髪をゆすって公園のむこうの通りをゆびさします。ケイトちゃんすごいよお話できるのね　ママの詩には声を縫い込めたとは書いてなかったけど。

睡ってしまったようです。公園はもう黄昏はじめています。いえ野原です。風が吹き抜ける野原です。テーブルの上には人形たちが風に吹かれてたっていてママたちは消えていきます。泣いている子　ひとりもいません。置き去りにされて心細い　いえ恐怖でしょうに　むっちりとした肌に風は冷たいでしょうに　泣いてしまったほうがらくになるでしょうに。テーブルにあおむけに倒れている子もいます。でもピンクの口もとはかすかに微笑んでいます。ママたちは涙を縫い込めるのを忘れてしまったのです。

心細くなって　たのもしいケイトちゃんに頬ずりして尋ねます。ママはどの道からくるんだったかしら　答えません。愛らしいボタンの瞳が　一瞬いじわるくひかったような気がします。

ケイトちゃんのママはまだきません。

聖夜

細かい雪がふっている
ミルク、ホール　公会堂　海の見える港町
わたしは姉と手をつないで　大好きな泰子
姉ちゃんと手をつないで　小躍りしながら
歩いている

公園のとなりの教会　ステンドグラスの煌
めきふかく　やさしい　オルガンのひびき

賛美歌　はじめてきく　さんびか
もろびと　こぞりて
たたえ　まつれ
・・・・・・・・・・・・
シュハキ　マセリ　シュハキ　マセリ
シュハアキ　マセリ

どうしてそうなったのか　わからないがその　部分だけ　わたしが独唱することになった　たぶん子供の高く明るい　ゆらぎのない声がこの部分には必要だったのだろう
上手　じょうずとおだてられわたしは意味もわからぬまま歌った

大人になってからもシュハキがマセリなど
という意味不明な言葉を　呪文のようなも
の　カタカナで書いてあると信じていた

いまは天国に住む泰子姉ちゃんが歌ってい
る　主はきませり　主はきませり　細かい
雪がふっている　ステンドグラスの　煌め
き　ふかく　ゆたかなオルガンの響き

道

坂を登る。舗装されていない土の感触に魅せられて坂を登っていく。風がここちよい。こんな高いところがどうして開けたのだろうと思うほど瀟洒な家々が建ち並びちいさな庭に花を咲かせたりしている。どこへ行くのかわからない曲がりくねった道を行くのは秘密めいた楽しさがある。登るにつれて

街がゆるやかに沈んでゆく。ゆるやか
に沈んでゆく昨日。

札幌に移り住んだとき　そのあまりの
整然とした街並みにとりすましたよそ
よそしさをかんじた。生まれ育った古
い港町の起伏にとんだ道　どこへ登っ
ても海の見える坂道が無性に恋しかっ
た。こころがバランスを崩しかけてい
た。

ひとの話しかたと歩く道は似ている。
理路整然と立て板に水のように話す雄
弁さよりも口ごもりながら懸命に話す

朴訥さにこころ惹かれる。

どこかに素晴らしい道はないか。木漏れ陽揺れる林のなかに口ごもるように見えかくれする白い道。どこへ行くのかわからない秘密めいた道はないか。

降りていく

階段である。石の。どこまでも続く石の
階段である。中央の鈍色に光る鉄の手摺
りが上りと下りを仕切っている。母親に
手をひかれた幼い男の子。青いコートの
下の細い足が上っていく。

誰も行く人のない下りの階段を　一段一
段踏みしめながら降りていく。異国の下

町。手摺りが冷たい。初冬の淡い太陽が石の階段のわずかな窪みに影をつくる。まだ灯らない街路灯が　おなじ間隔で続いている。

降りていく。左右の堅牢な石の壁が　ゆっくりとせり上がってくる。ゆっくりとせり上がって消えていく　私のなかの昨日。消えていく風。消えていく光。消えていく言葉の残響。ひたすら下降するふるえるようなときめき。

明るい地下街は駅に続いている。ちいさな待合室に人が集まって　異国の言葉が飛びかっている。名詞も形容詞も溶けてしまい声だけが響きあう　意味を失った言葉のやさしさ。私は探さなければならない。まだ語られない言葉を。

ほの暗いプラットホームには誰もいない。たったいま列車は発ったようだ。線路にはいちめんに白い花が散らばっている。どうしたのだろう　いつのまにか線路は水浸しだ。次第に水かさを増していく。白い花はみえない柩を追うようにいっせいに流れはじめる。遠く海鳴りが聴こえる。

夜更けわたしはわたしのなかを降りていく

夜更けわたしはひそかにわたしのなかを
降りていく。わたしの知らないわたしの
なかを。なまあたたかい風がふきあげて
いる。うごめくものがある。降りる　ひ
たすら降りていく。波の音がきこえる
規則ただしく波の音が響いてくる。素足
がつめたい。

仄白い月光のなかの海。波は声を溶かし昏く泡立っている。波は母のそのまた母のその母の祈りのように唄のようにわたしを揺すった。
岩かげにひっそりと鱗をひからせていた遥かな日。

いつかわたしは波のおおきな循環のひとしずくになる。寄せては返す波のひとしずくになってあなたのなかへ還っていく。

初出一覧

Ⅰ

水のらせん階段を降りて　「東京 in 昭和ん」55号、二〇一七年三月
エメラルド　「まどえふ」23号、二〇一四年九月
美しい血　「詩的現代」6号、二〇一三年九月
ぬぎ捨てた影を　「詩的現代」21号、二〇一七年六月
サボテン　「まどえふ」24号、二〇一五年三月
とうさんの声　「詩的現代」15号、二〇一五年十二月
みえないものがみえ　「詩的現代」8号、二〇一四年三月
たじろぐ　「詩的現代」19号、二〇一六年十二月
夜を引き裂いて　「まどえふ」21号、二〇一三年九月
海へ　「まどえふ」20号、二〇一三年三月
りはびり　「まどえふ」25号、二〇一五年九月

CALL　「詩的現代」11号、二〇一四年十二月
流刑地　「詩的現代」18号、二〇一六年九月
結子　「詩的現代」7号、二〇一三年十二月

II

わたしはわたしのたべたもので　「詩的現代」16号、二〇一六年三月
幼年　「まどえふ」27号、二〇一六年九月
タムタム　「詩的現代」13号、二〇一五年六月
行きつけの店　「まどえふ」19号、二〇一二年九月
ママはまだきません　「詩的現代」3号、二〇一二年十二月
聖夜　「詩的現代」20号、二〇一七年三月
道　「詩的現代」10号、二〇一四年九月
降りていく　「まどえふ」15号、二〇一〇年八月（「探しつづけて」改稿）
夜更けわたしはわたしのなかを降りていく　「まどえふ」26号、二〇一六年三月

水出みどり（みずいで・みどり）

現住所

〒〇〇五―〇〇〇六　札幌市南区澄川六条四丁目十―一―二〇四

夜更《よふ》けわたしはわたしのなかを降《お》りていく

著　者　水出《みずいで》みどり
発行者　小田久郎
発行所　株式会社思潮社
〒一六二―〇八四二　東京都新宿区市谷砂土原町三―十五
電話〇三（三二六七）八一五三（営業）・八一四一（編集）
ＦＡＸ〇三（三二六七）八一四二
印刷所　三報社印刷株式会社
製本所　小高製本工業株式会社
発行日　二〇一七年十月十五日